请安静

纪永亮 ◎ 著

长春出版社

全国百佳图书出版单位

图书在版编目（CIP）数据

请安静 / 纪永亮著. -- 长春 : 长春出版社, 2025.

1. -- ISBN 978-7-5445-7636-9

Ⅰ. I227

中国国家版本馆CIP数据核字第20245AC058号

请安静

著　　者　纪永亮
责任编辑　王　莹
封面设计　宁荣刚

出版发行　长春出版社
总 编 室　0431-88563443
市场营销　0431-88561180
网络营销　0431-88587345
地　　址　吉林省长春市南关区长春大街309号
邮　　编　130041
网　　址　www.cccbs.net

制　　版　长春出版社美术设计制作中心
印　　刷　长春天行健印刷有限公司

开　　本　880mm×1230mm　1/32
字　　数　79千字
印　　张　7.25
版　　次　2025年1月第1版
印　　次　2025年1月第1次印刷
定　　价　49.80元

目　录

我想让时光表现出安详

我喜欢秋天的虫子

喜欢空气里带着潮湿的味道

喜欢雨落下之前燕子贴着地面飞

然后在树梢、枝头剪裁出雨的模样

我喜欢雷声从远方的那片草原上升起

带着轰隆隆的想象从远方翻滚而来

回音不绝，磅礴、深沉、原始

彰显出灵魂的渴望

我喜欢看到大雨把我淋湿

身后是一片雨打杨柳的沙沙声响

雨水从我的身上滴落

剩下的就渗入我的毛孔

所有躁动的时间都不再蓬头垢面

风也不披散着头发

我想让所有的时间都静下来

在这一平方英寸的绿叶上静下心
聆听雨后蟋蟀与蚂蚱湿漉漉的寂静声音
我想让所有晴朗的感情都在这里聚集
让每一个人都拥有这完美的寂静

天气预报说

天气预报说
有一股超强冷空气正在袭来
这个世界已经很冷
冷着的面孔和冰冷的虚荣
心也会很冷

天气预报说
有一股超强冷空气正在袭来
还不忘提醒说
根据气候的变化要及时增添棉衣
可谁都无法给一颗战栗的心
穿上保暖的棉衣

天气预报说
有一股超强冷空气正在袭来
我真的不敢再断言
因为谁都有可能与冷空气相遇
与寒流把酒言欢

12 月的天空

一

一只鸟飞过的天空
留下的是孤独
这就是我的北方 12 月的天和地
12 月的月、星、太阳
和冰雪雕成的爹娘都很孤独

二

撕掉一页雪就长出一个日子
许多数不清的家书雪片一样飘落
仔细看，家书上的每一个字都很
让人心疼
透着风声、雨声，思念声

三

在心疼的远方，孤独成为从最初的过去
走向边际的图腾，北方
12月的风很硬，很硬
像多棱镜折射着苍茫的岁月

四

大野嚎叫
石头般的性格里开出石头花朵
栖身于花朵里的日子
从古至今积攒了寂寞的岁月
每一道寂寞的石纹里都蕴藏着痛苦的诗韵
巧夺天工。我的大东北
我，12月的天空
除了一声爱，我还能说什么呢

丹·布朗的《天使与魔鬼》

"物理学家列奥纳多·维特闻到了一股焦
肉的味道，他清楚那是他自己的肉。"
在神与妖之间，我更喜欢妖怪
神总是板着面孔，而妖怪
更像人，有着人间烟火的七情六欲
就像我在长白山原始森林里
看到摄人心魄的蓝色野花的时候
我马上想起蓝色的精灵和蓝色的妖姬
想到天和地，而在天地之间
蓝色的野花有着人性，列奥纳多闻到的是
自己肉体的焦煳，蓝色的野花闻到的
是自己的身体的妖艳

在充满野味的森林里，它风流得像诗

留恋着红尘，对凡间一往情深

天地之间，到头来天还是天

地还是地，神妖之间一条河，两清

穿过隐喻

一天的太阳
失色在一场雨中
一场雨就是一个隐喻
眼睛因为耳朵黯淡成一种伤痛
我伤痛的天空不结疤痕
我的哀愁不诅咒贫贱
狂欢的雨突然停下的后遗症
教堂的尖顶挑着瘀青的天空
唯一的那道彩虹
为此，我的心舒缓了一下
挂着泪痕的天空痉挛了一下

眼泪下的石头

黑夜是一个整体
我们沉入黑夜
沉入黑夜的底
一次又一次被染色

石头上读书的声音冷了
我们开始以我们的黑色为基调
布景一个冬天

打乱所有时间的顺序
把蝙蝠的翼揳入时间的眉骨
在时间裸露的骨头上
唤醒那些不为人知的潜意识
眼泪下的石头是蝙蝠的微笑
因为它看到了我们不能看到的东西

这是上帝的意思

谁都无法否认这是上帝的意思
解剖历史的结果让人很意外
只剩下红与黑最后三个字
三个预示，两条道路
上帝创造了人类也是没办法的事
只有让人类不断地去重复这三个字
重复地去走这两条路
才能品味出时尚与死亡的暴力

来吧，声音

来吧，声音
这世界上绝望的眼睛
那些在头顶呼啸而过的声音
那些在爆炸声中惨死的声音
那些在交易中推杯换盏的声音
那些道貌岸然沉默的声音
那些声音的声音

来吧，声音
哑巴不说话
哑巴发不出声音

来吧，声音
死亡不说话
死亡没有声音

来吧，声音
恐惧都已经双膝着地
活着的已经出发

来吧，声音
来吧，最无耻，最暴力，最邪恶的声音

这思念有些凄凉

是的，琴弦上哀怨的月光

这思念有些凄凉

一个属于自己内心的故乡①

正款款地飞落

是停留在眼皮上的影子

每眨动一下

她都会随着眼皮的眨动挥舞着翅膀

翩翩起舞于我的眼睛之上

她小鸟依人般挽着我的心

进入我的梦

①《念故乡》是19世纪捷克伟大的作曲家德沃夏克的作品。

那是我自由的故乡

她紧紧贴慰我的呼吸

此刻，我的灵魂

安宁而又绅士

诗是什么样子

诗是时间最后掉下的那根头发
缠绕的不知是李白的天真
还是杜甫的醒悟
或是苏轼的一蓑烟雨
或是涅克拉索夫的俄罗斯女人

码成一行的文字在时间的头顶上
像气喘吁吁的骷髅在跳舞
那种自我陶醉的样子伴随着
一摞盘子，一支牙签，一堆惬意
还有一地的口纸和口纸里的胃

诗就像被劫持的漂亮女人
一首诗就是一个陷阱

让人陡增了恍然与怜悯之心
每一个文字借此都成为叛逆
成为单兵作战的游击战士
每一个文字的喉咙里
都涌满狂风，吼出暴雨
可我还是不知道
诗到底需不需要像非洲一样
光着脚穿上草编的裙子

天凉好个秋

只一场雨
一个世界就幡然醒悟
每一根骨头都冷静了下来
那丝寒意或许是一种暗示
在禅意的空间

天凉了下来
我把一个季节最善良的温度
保留在靠近我皮肤的地方
我抬头看了看身边的人
看了一眼离我最近的那棵树
一片凋零的红叶像玉兰
把幽香挂在了我的身后
天凉了
我开始想念岁月之好

新布莱顿海滨的散步

在 2018 年的 10 月
一个巨大的木偶
在英国新布莱顿的海滨散步
她身后的巨大吊车
脚下众多渺小看不清的面孔
她面无表情被机械牵引着
她不说话
让整个世界都发不出声音
真可笑
密密麻麻的人
被一个没有灵魂的木偶
和一个没有魂魄的世界牵引着

心 之 弦

让我守住一片田园

一株草的时光吗

草的琴弦上一趟列车正在驶过

田野被撞破之后

最后一缕月光就搂紧了忧伤

在静默的屋檐下

太阳与忧伤分坐在两旁

默默地对望

此时，孤独是苜蓿的紫

悲悯是佛甲草的黄

此时，我是我的远方

斑驳的阳光斜靠在藤椅上

空气的眼睛里一切都是静止的

历史已然说尽

树的黄还在继续
草的枯黄也在徜徉
我的眼睛
时光没动一厘米

这几天断断续续
下了两场锐角锋利的雨
有一场雨躲进了石头里
一片三叶草就此成为时间狠毒的眼神

天气预报说今年是一个暖冬
暖冬意味着一件寻常的事情
在经过了时间的煎熬后
就变得不再寻常

而裸露在石头上的痕迹
一定藏着草与火的风流韵事

就这样泥土与石头
在说与未说之间决定了历史的走向
树与草辗转着黄绿
为证实一场最原始最悲壮的爱情

大地沉默的时候

草与树木这些大地的声音

大地已经干干净净

除了明明白白的雪

与雪下那颗温暖不衰的心音

大地不再说话

所有被豢养成鬼的日子

在这一年快要结束的时刻纷纷跳了出来

所有的语言像吸足了血的蝙蝠

不断地琢磨着刀口

席地而坐的光阴猛然站起身

拍拍屁股走了

废墟上招摇着虚假的花朵

静默的鸟绕过雷声和闪电

去和上帝讨论面包和酵母的事情

讨论荒弃的村庄和城市的餐桌上
被烧烤的理想
还有餐巾下哮喘的工厂
大地沉默的节奏里
雪，正静心浮雕着大地的声音

符　号

我生活在一个句号的世界里

许多表情里的不同

有的像《最后的晚餐》里的犹大

有的像背负着十字架的耶稣

苦苦地开始与虚无的结束

凸凹不平的天空

只剩下一只乌鸦的眼睛

像光滑的缎带

大团的雾气簇拥着从眼睛里翻滚而出

像缥缈的仙境连家门都无法看清

句号里正飘落着雪让许多加号和减号

翩然地滑出了圈外

省略号像流浪的百足虫一样

甩着煽情的尾刺

恣意省略人生的段落

两片羽毛一样的引号在远离

亚马孙热带雨林的地方

试图用幻觉制造轰动世界的蝴蝶效应

此时句号像疾驶的车轮

与超载的生活轰然相撞

站在屋檐下的目光颤颤发抖

弯曲的时光

一下就压弯了惊叹的拐杖

投 名 状

还需要递上一个人头吗
然后大碗的吃肉大碗的喝酒
如果可能的话再排一排名次分一分座位
这个世界越来越让人看不懂
拳头与手掌就如同孙悟空与如来佛
没有想明白的是这婆娑的风光
糊涂的也是这婆娑的风光
风光就巴掌那么大头发丝一样长
那么多的人拼了命似的挤进了风光
成了看风光的人之后
就再也无法走出风光
风光的那扇门是水泊梁山
所有出走的日子
所有行凶的情感都聚集在了那里

当然，还有许多
无情的想象与无情的时光
当然也有一边窥探着夜宴一边
递上投名状的人
这个世界原本就不该有门窗

Fesses 上升的曲线

那是一种灾难的美

错觉效果沿着唇扑向的那丝光亮

哦，快速地坠入，堕落

我的维纳斯

谁能替我喊出第一千遍的爱

空气中，风沐着雪的目光

爬行了两步的声音依然失魂落魄

在横冲直撞的数字面前

植入芯片的情感传动出奇异的眼神

我的世界，充满恐惧

告诉我，你的善良

你的笑和你的恨在哪里

我的爱，在这陌生的世界上

还能找到家吗

此时，12月的脑海里

一定有挥之不去的赶尸字眼

沿着 Fesses 上升的曲线

去抓紧时间赶赴一场或许最后的灾难

我熟悉的那个人走了

他是一个诗人
他走了
像一片落叶
飘落在了秋天的荒原上
像废墟上吹过的那道残破的雨线
留在这世上的最后一道影子
已经成为一件没有意义的事情
野草闲话般的疯长着
最后的话题是蒺藜
之前，修饰好的心情已失去了热度
与悲悯相悖进行转场
只有入冬以来的第一场雪
没打招呼就来了
像一个突然闯入的强盗

试图盗取一个垮塌的世界
除了冷漠苍白之外
人们在加入了自己的心情之后
太阳就出来了
雪就融化了
一切还是那样，什么都没有发生
阳光很好
天蓝得挺好，剩下三分之二的心情
一分在新年的脚步声里走失了
一分惬意着如何在新年的钟声里
加进自己的胃和与胃相对应的调料
而命运身后的一粒雪
我把它看作是世界末日
风是流行的，没有原则
从魏晋走来的春夏秋冬依然
用不同的色彩代表着不同的命运
走，就走了
过去的就过去了
何必太在意
这世界原本就是一场雪

12 月 22 日是一杯鸡尾酒

这一天是冬至
刚好交九，岁月开始有了意识
与冷天交好的人
不约而同地吃了饺子
有些闲人则为此写了诗
我走进饭店看见低头包饺子的人
还有那些粗门大嗓吃饺子的人
我不小心把他们称作了那厮
因为有烈性的烧酒助威场面很壮烈
被烧红的脸像太阳
那个下午的耳根是透明的

为了安身静体
我调了一杯鸡尾酒
没想到刚喝一口

太阳就淹死在了杯子里

寒霜马上挂满了杯口

我想起了小时候亲吻冬天时的那个痛苦情景

于是浑身上下霜雾弥漫

我害怕再次在杯口留下血的证据

于是我放下了那个女人一样高挑的酒杯

赶紧邀约了几个豪爽的朋友

在粗粝的醉态中迎着魏晋的冷风

想着上帝最恨的那个人

搬　家

走进了秋冬的交界地
我清楚地知道了一年的路程
就要从这里转弯
回头望去这一生从春秋到现在
不知翻越了多少的万水千山
转过了多少个弯
有些记忆被史记记录了下来
有些记忆我忘记了
不知为什么此时我
独独想起了德国的柏林墙
那个在尖顶教堂注视下的
镶嵌着弹孔的残垣断壁

转弯处的心思犹豫不决
那些过去的岁月是保留还是抛弃

留下，就像留住情人的眼神
她的唇、她的声音、她的呼吸
抛弃，龟裂的岁月，磨白的座椅
那些灌满爱情，相依为命的日子
而那，却是一个世界最为善良的记忆

生活总结

我和雪并排躺在那里
像一对幸福的孪生兄弟
一起仰望着天空
天真的好蓝，是那种
被生活的寒流深深滤过的蓝
那蓝，蓝得深邃
没有一点的浮夸，那蓝
蓝得大胆，不藏一点的阴暗
坦坦荡荡的蓝，就像我的血液
坦坦荡荡流过我的身体

沿着风的暗示
我醒悟于大地的透明
一个岩石上肖像般的冬天
拥抱着整个山谷

拥抱着山谷里就要复活的欲望
男人和女人
在时间的居所里
共同完成一次伟大的憧憬

雪与玫瑰

一场会飞的大雪折断了翅膀

恍惚间我看见玫瑰像子弹

穿透了雪的胸膛

雪与血开始交流赞美死亡

一场雪与另外一场雪的相遇

是一个种族与另一个种族的对垒

流尽了鲜血的玫瑰

让每一片柔如蝉翼的雪花

都长满锋利的毒刺

闪烁出一种纯粹枪与匕首的光芒

至于我为什么要写下这首诗

因为我知道这个世界上的许多事情

不是出自胸膛就是出自枪膛

已经不再需要原因

许多关于玫瑰与爱情的故事像序列

开始即是结束
雪与玫瑰的相遇就像罪恶与阴谋
也许是一场必然的赌局
而清晨的入口则是一个必然的开始
有一面旗帜等在那里
旗帜上面写满了有关这个世界
生与死的事情
都已变得不再有什么意义

记忆之伤

时间已死

我还活着

我的活是这个世界乏味的忧伤

我的情感机械地加入程序化的序列

在活与活之间

死了的已死

在死与死之间

活着的依然还活着

只不过我已不再是我

你也不再是你

时光已烬

我把时光的灰烬撒进眼睛

此时我才明白在这个世界上

眼睛就是我生命的伤口

我只能用时间的灰烬为生命疗伤

温暖的荒蛮

岁月迟钝，即使
春天已经铺开
人类开始销售春光
还是能感觉到潜在心里的春寒
料峭像上帝之手
按下我生命孤独的键
我知道，在命运的眼睛里
春天只不过像打倒一个恶霸
赶走了一个冬天
春天的背后
已经背叛了自己信念的那棵树
它的想象透过暗淡的紫色
封堵去的路和来时的路
只有虚无的时间才知道
什么才是真正的远

虚无缥缈的浩瀚是从《楚辞》里牵出的荒蛮
从现代内心掘出的谎言
与顽石颈上的暗示
被来自大海深处的历史鞭红
我和岁月相约于迟钝
疏忽，并忘记了文明的险
因为我的心里孤独伴着荒蛮

黎明的声音

一

当一滴晨露滴入生命之唇

天籁之静便渗透大地的骨髓

空灵带着冥顽

从一块石头的胆汁里分泌神性

我匍匐在大地上倾听万物

雪融化的声音带着想象

荡开了一棵树封闭已久的内心

涟漪从大地的腹中跳出

感受着别来无恙的雷鸣

此时，澎湃的绿色像一个饥饿的色鬼

恣意地流淌、蔓延，无遮拦地横行

二

黎明宽阔的额头上，一轮太阳

和神交已久的雉鸡家庭，在清明的季节里

携雨踏青，一只黑白色的喜鹊

富有想象地唱和，一曲《卜算子》

咬紧了远方的水袖

远方的孤独被拽入一座村落

寂寞的怀中，长满青苔的远方

悄无声息地与大地融为了一体

三

一颗留恋尘世的星融化了

一湖重重的心事，徐风微冷

黎明的目光是金色的唇

把一个世纪的初吻交给了黑色的森林

森林那一侧的原野上，烟韵

开始呈现出紫色，那是梦的色泽

连接着万物与人，潜鸟的声音

从一叶古琴的幽幽中落下

像一滴水穿透了千山

穿透了我，也穿透了黎明

世界你好

当我写下这四个字天已经亮了
扫墓的人已经在路上
这一天是天命，属于
在这个世界上活过和正在活着的人

活着的人面对走出去的人
走出去的人在另一个世界里笑而不语
我燃好三炷香：
一炷献给苍茫的天
一炷献给苍茫的地
一炷献给苍茫的灵魂

我相信灵魂不灭就在我的头顶
死去的人能看清活着的人
我相信地狱不相信上帝

相信落入水的钟声里面
一定有一条孤独的鱼

我祈祷每一天清晨推开窗户
就能推开一片乌云，阳光灿烂
每一个夜晚都风清月明
亲人脸上岁月爬过的沟痕里
只有沧桑没有愁恨

我希望这个世界没有战争
没有灾难，没有疾病
没有剥削也没有欺骗
我期盼人与人的平等
人与人不再相互为敌
我希望与草木为邻与自然为亲

我相信在人性的毫厘间一定
有一眼生命的温泉
回头是岸让我们看清并重新拾起
丢在路上的温良
举手投足之间无不是礼
优美在生活的进退之间

我希望生活的脚步能够慢一点
多一些回味多一些活着的从容
活着的就要有活着的洒脱
死去的就要有死去的尊严

我希望每一个人无论是今世还是来生
都能够保持人类的情感
在每一朵花开的声音里捍卫自己的灵魂
说一声世界你好！
花朵走进草木，神明归于自然

公交车上

双丰站到了
他吃力地拎着用绳子捆绑的编织袋
和挂满建筑灰尘的旅行箱挤上了 108 路公交车
弓着腰谦卑地问司机去火车站要在哪里倒车
他要去跟随一个建筑工程队到火车站
去赶往下一个能够挣钱养家的工地
公交车上的人很多都在低头看着手机
他怕打扰人却不小心碰在人家的腿上
看着人们皱着眉头的表情
他心虚地把行李往自己的脚边挪了挪
虽说眼下已是春天可窗外依然是一片灰色
他木讷的表情里有一只虫子在爬
一只岁月的虫子沿着他沟壑的额头
亦步亦趋地向前拱动着，他粗糙的双手
告诉人们他是一个用双手刨食吃的人

活在生活的最底层，可他永远不敢说
自己是这个社会或者是一座高楼的基础
他清楚地知道上了这趟公交车
就是急着把自己交出去，急着得到生活的宽容
公交车一站一站地走，一站一站地停。车门
一启一合的过程中，这座城市愈发显得陌生
就像街道两旁昏黄的路灯被人偷换了概念
车上的人和车下的人，匆忙行走的路灯
和行走的站牌，行走的巨幅广告上
那个妖媚女人一直都保持着扭动的腰肢
一座城市的节奏里一座城市就是一部手机
程序化的世界无论发生了什么，无论是哭
还是微笑都是程序和套路，就这样
一辆公交车按照指定的路线在一座城市
复杂的心情里穿行
飞跃路到了，请下车

我在地铁口等你

此时，我已经进入一个城市的地下
我把它看作是一座城市的入口
和一座城市的出口
每隔五分钟的震感是一座城市的悸动
隐含着一个城市不安的密码
列车快速地驶入站台，车门向两边分开
上车的人和下车的人仿佛鱼一样
鱼贯而行地顺着水流向两边分开
出口和入口的直梯像一把利剑
直接插入一个城市的心脏
我试图在鱼一样的人流中
找出一张熟悉的面孔，哪怕
记忆有些模糊，可我还是
找不到这个城市熟悉的记忆
每次我找到的都是这座城市一次新的陌生

面对新的陌生已经哑言的我
发不出声音。我忘记了我究竟是在等谁
在一座城市的入口，我是在
等消失的时间吗？还是在等消失的声音
也许是在等我的昨天，一次相逢和永远的失去
这地铁口以它的交叉与重叠
重新演绎出一个城市的命运走向
又是一连串的震动，远远地走来了一个人
我忽然想起我是在等我的妻子
忽然间我豁然开朗
那个张着大嘴的地铁口分明在告诉我
我们每一个人之间永远隔着一座城郭

溃 败

当三月被戴上头套押解在路上
理性便陷入黑暗之中
所有能够听到的脚步终止在
突然的寂寞里
押解的路上
整个世界都戴着镣铐
太阳升起的时候空气有些颤抖
文明像鱼
溃退的人性潮水般涌上滩头
由此我断定这个世界
被黑夜修饰的脸上
眼神是绞刑架上的绳索
将一个白夜慢慢地勒紧，再勒紧
直到这个世界发不出声音
我消失了

在属于自己的世界里

在说到卡尔·拉格斐①之前

应首先去掉那个老字

让老字发抖的男人会让老字成为谎言

也会让黑与白有了另一重的含义

卡尔·拉格斐，一个用服装设计世界的男人

他用服装写爱情小说

用服装与全世界为敌

在一个属于他自己的世界里

他用荆棘、玫瑰、毒蛇、美女作创作的毒药

---

①卡尔·拉格斐：法国香奈儿公司创意总监，著名设计师。人们称他为"时装界的恺撒大帝"，"老佛爷"。他在巴黎开设了一家叫作"7L"的书店，所出版的图书主题横跨他感兴趣的各种领域，包括时装、摄影、文学、广告、音乐、报业、神话、插画、幽默作品和建筑。2019年2月19日，卡尔·拉格斐逝世，享年85岁。

把来自远古的闪电和来自雅典的风雷

设计成一个时代神秘的眼神

在活着的世界里他透过天空的一只眼睛

看水中灵魂的世界

他透过太阳那颗古老的星

看地球内心深处的荒凉

而一颗又一颗充满清冷的星辰

那神秘的眼神在回身一望的世界里

天空就蓝成了一双猫的眼睛

于是一个神秘的微笑就与一个世界的美妙

被巧妙地融入了现代与古典之间

只有在这时他才给自己

戴上孤独、墨色的太阳镜

在黑与白的巨大反差中让这个世界

爱美的女人永远看不清猜不透

却记住了美丽与远方

内心深处

这个世界只有两个字
一个是高，一个是矮
想得久了就会想得明白
高和矮是生命的两极
像两块春秋的枕石
在时间之发的耳鬓厮磨下
凸凹不平的两面呈现出两座山
和一条断裂带，八卦上说
有些事情我们一生都无法预料
也无法逃脱，尤其是高和矮这两极
像谜，也像烧红了的铁水
更像母亲的真理丈量着我们
当太阳用他的金指猜测出我们的方位时
生命就成了那块被潮水推来荡去
圆滑了的石头

在千古岁月锻造出的权利面前
无论是谁都高大不起来
不自觉的矮就成了历史的宿命
即便是手中握有权力
高也永远被定义在权力之下

世界如此虚无

这是太阳流浪最久的一天
睡在铅色的云墙上
孤独的目光拍打不出孤独的声音
我是一个无辜的人
从那一刻起，每天的卯时
我都要仰望深陷在孤独里的太阳
在黑暗的围剿下敲破自己的头颅
我用目光小心擦拭着死亡的边缘
在内心祷告 敲吧，千万别停下
一下一下，就像敲击木鱼的声音
敲吧，别停下
直到太阳的光像蛋黄流淌一地
在涂满时间荒原的同时
剥离出黑夜的残汁
此时，死了的土地上正在种下丁香

由此我断定那丁香里深藏的
一定是木鱼的声音
那声音是空的，一下，两下
那空心的声音会传得很远，很远

远的都是错觉

站在北方就有一种远的感觉

在黑色的眼泪中感受世界的忽冷忽热

不知是时间的错觉

还是生命本身就存在的错位

北方的春天像爱情誓言下的谎言

每当这时北方的雪

就会不动声色地踏上流浪的征途

不甘堕落的本性促使着它

去找寻下一个门楣上的号码

穿过星星的森林

穿过月亮的每一条街

穿过太阳的每一个路口和每一个小巷

在两个世界的同一个尽头

一个春天就会幻化成一只飞进丁香的蝴蝶

所有的细节都是淡淡的

怜悯的目光穿过瞭望的门楼
悄无声息地漫过每一座傲慢的城市
和每一座弓腰驼背的村庄
而我就沿着怜悯的目光
找寻着春天的方向

发　现

世界很美

真正的美不到生命的最后一刻

都不会被发现

那么多的美妙与美好

就那样被活着轻轻划掉了

那么多从前经过的地方

活着把生活涂抹成另外一种陌生

那么多从天上偷来的时光被我们输掉了

浑然不觉的生命退化成简单地活着

当时间翻了一个身我才感觉到

这个世界正在失去重心

太阳的吻也在北回归线上失去温度

上帝说：

如果一个子夜的身影

能埋葬掉一个人的叹息

就能埋葬一个人的一生

清　明

清明的季节
青，是一种试探性的进攻
脚步是心的宿命
没有牧童没有酒幌
雨飘向何处

一捧火，一捧纸灰，一捧眼泪
于是活着与死亡便完成了一种互换
死了的人为活着的人保佑
不必回头，只要抬头就能看见
在被烟火异化的景观里
能目测到人世与地狱的距离
在誓言与谎言之间能看到
戴着面具的眼泪在时间荒野
迷失的深度，于是

信天主的人张开了双臂
对着天喊一声哦，我的上帝
信佛的人双掌合十
低着头念一声，阿弥陀佛

2019 年 1 月

从这一天起

要去读懂鲁迅，读懂阿 Q

如果有可能还要穿越到历史的那一端

与鲁迅坐下来面对面谈一谈

谈一下奴隶与奴性的根源问题

谈一谈如何让洁白无瑕的雪

不再猥琐成一地风流

也不让伪装成诗的语言

长出蜈蚣的腰身

谈一谈如何让诗在权力的面前

不再像一个妓女

谈一谈在这个不再相信爱情的年代

如何去大胆呼唤爱情

谈一谈如何唤起一棵草，一只鸟的天性

谈一谈如何让未来的每一个日子

都能够活出一回真实的自己

谈一谈 2019 年日子其实也很短

活一天就会少一天

谈一谈警惕的西装

心里一直念着的那个女人

这一天从太阳开始

7点30分是我走出家门的时间
桥面上有雾
一如我打开的梦境
太阳直射，雪依然横卧在那里
有点像喝醉了酒的李白
那一刻，黑夜才真正地脱离了我的身体

阳光代替了鸟鸣
也代替了五颜六色的花朵
只有它懂得这个冬天从不说出口的原则
水默默地把自己由无形化为有形
一个清晨，一颗太阳，一寸寂静
就这样躲过虚无的车流
在这条愁肠百转的僻静小路上拥抱了我

我在想，假如我是一位画家
面对一座傲慢的城市
我究竟该从什么地方下笔
是闭上一只眼睛
还是用眩晕的幻觉
为一座城市留下 15 分钟的寂静

北方雕像

迈过这一步
你的面孔就模糊了
背后的眼睛在集体消失
被捶打过的生活依旧迈着艰难的步履
沿着地球的一条线攀爬一个陡坡
风雪肆虐，但，总有停止的时候
在它喘息的空间
我向那片被灾难掠过的土地
投去惊恐的一瞥
我看到提前醒来的一棵草
那是灾难留下的活口

时间，你的过去能为我带来什么

一只脚迈进了门里

一只脚还在门外

黑夜漫过了全身

钟声一直在用一种最习惯的方式告诉你

有谁知道那最后的一声却是暗示

远离了这个地球的那些日子

排列起来的每一天

就是这个世界的生平年表

疾病与灾难，失恋与失眠

战争与强权，死亡与破产

维斯拉瓦·辛波斯卡从她的诗里站起身来

用双手向我们递出了玫瑰

又为我们每一个人的杯子里注满了牛奶

在读完一首诗的瞬间，时间抖了一下

走近的和飞去的远方与鸟

在一簇草和一只毛虫的注视下
阳光被绊了一下，虽然慢了半拍
却总能赶上蒲公英的脚步
只要春天还在

我始终在追逐一条河流

那条河流很细很细，没有名字

隐于杂草乱石之中

不泛滥，不断流

波澜不惊的一辈子只有一个姿态

匍匐着，不高过土地也不高过村庄

有点像麦田里的守望者

河道里干枯的树枝像我母亲的手臂

常年挑着珍珠一样的泪

在阳光下闪闪发光

闪闪发光的细流像极了我母亲的绵绵细语

炊烟也很细，总是盘旋于细流之上

与细流保持住一颗泪的距离

细流旁的家乡一到了冬天

就被冻成了坚硬的石头

那条很细很细的河流一如既往地穿过了冬天

重复地弹拨着属于一座村庄的古老旋律

淙淙的泉流里没有湍流的颤音

也不见呦呦鹿鸣

可我始终追不上那条很细很细河流的脚步

寻觅不到它内心更深处的荒凉

那条通往远古的秘径

一只蝴蝶飞出

嘴里衔着珍珠一样的泪

冷漠的钢铁

看了一眼比这个冬天还要冷的城市
那些被钢铁咬断的文字
瘫软了一地

一个需要温暖却被温暖冷漠的地方
钢铁知道远离的含义
绕不过现实的理由
知道人们为什么愿意在被钢铁挤压
又被暧昧温暖的城市里
那永远读不尽，又永远不被戳破的
复杂而又有趣的心思

钢铁鄙视那些清高的文字
只能在贫瘠的土地上种下焦虑的乡愁

目光疑惑的中间地带
鬼魅在城的肌肤上
不动声色地播下悲哀的种子

我开始用怀疑的眼神

我有过春天吗？

怀疑，也许

根本就没有走进过春天

自以为是的错觉像太阳下的影子

是杨花，七月的落雪

没有根的谎言

与春天的每一次见面都是一次自我的欺骗

用眼睛在看，用鼻子在闻，用耳朵在听

背对着背，很远

它看我，阳光下的影子很弯曲

看它，迎春花般的一脸茫然

谁也看不懂谁

谁也不看谁的时候

一棵树一转身，就迈着自己的步伐

踩着自己凌乱的花瓣走向了岁月的深处

谁捂着自己的脸，泪在远方飘散

杂草默不作声穿过岁月的栅栏

怀疑这个春天，但我

丝毫没有怀疑穿过铁栅栏的杂草

他被时间留在了那边

他很倒霉

就差那么一步

紧赶慢赶

就被时间隔在了那边

这是命

一隔就是来世

临别时他还喃喃

都说冬天是诚实的

现在看也不然

春天一变脸就是谎言

他被时间留在了那边

活该

谁让他尽是胡说

冰凌花杀

一个冬天

碎裂的声音

来自远古

隐秘，撕心裂肺

碎裂的冰碴儿，刀片一样的冰凌花

刺破一个世纪的隐喻

割破我的面颊，我的双眼

一滴血滴下，一朵冰凌花就盛开

石头一样的大地上没有誓言

只有高天拥着最后滚滚的寒

冰凌花，一刀一刀地把我割碎

一刀一刀从我的心里剜出爱恨两个字

在这最后夜晚的最后时刻

一个冬天的寓言开始溃退

向着冰凌花的内心集结

每一片锋利的花瓣都带着血的冷静
带着灾难细节下爱的垂怜
在这世界就要碎裂之际愤然举起匕首
冰凌花，用最后的凄美杀死了自己

桃 花 劫

一个春天以胜利者的姿态

用一层一层的绿

掩盖了一场冷漠的罪恶

可桃花的血迹还是暴露了一二的细节

转弯处，那个有着同样细节的女人

正在用 O 形的嘴吐出一朵 O 形的烟圈

渐渐地扩大，变形

一阵雨，那个 O 形的嘴和那朵 O 形的烟圈

消失了，桃花散落了一地

凄凄惨惨的景象最容易让人想起

那个被人忽略的细节

借助雨，杂草开始泛滥

隐秘于内心的寂静无法逃避一场追杀
因为无论在怎样的细节里
即使躲进细节的暗处
也无法逃脱坠入红尘的忧伤

逝者如斯夫

看清了时间的本质才认识了年龄

穿在身上的时装每一件

都会弄成时间的指向

在石头一样的语言里

时间被打印成三叶虫

一棵草的指甲里一条大河在咆哮

眼睛一瞬间就有可能

成为干涸的河床

蛇一样游走的是眼泪,是沙

欲望是唯一的活物

沿着那扇孤独的河床

一百年一万年的往复

就是把熟悉再一次变成陌生

当生活成为记忆

在生活成为记忆之前
我要做的第一件事就是要告诉
所有我爱的人和爱我的人
抓紧时间认真地爱一回
爱那些被认为不值得爱的一切
哪怕是一只蝴蝶，哪怕是一只蝼蚁

在生活成为记忆之前
我要告诉一些人
人生不易像一杆枪
在枪膛里来回穿梭的那些人和事
一种撞击对着火药的回味
我不愿意看到一双没有绝望的眼睛

在生活成为记忆之前

我要告诉我自己

那条路无论是来还是去

无论是怎样的曲直

飘散的是烟雾

沉入心底的是坎坷

寒到身边的是思念

在生活成为记忆之前

我要告诉所有的人

无论世界怎样颠倒或者姑妄

都不要怀疑爱

不低头、不歧视、不拒绝

不需要理由

一座城市挂在树梢上

5月，我在城市里想象着城外
原野上一颗冒险的种子正在走进泥土

5月，我想象着青纱帐漫过了7月之后
那些不再善良的面孔
土地的表情是复杂的

5月，我无法记起庄稼苗和野草
一起生长的情景
更不敢去想那把挂在墙上的锄头

5月，是我无法忘记的贫穷
贫穷中所隐藏的那些美好
让我看到现代富裕中所隐含的那些贫穷

5月，是我无法面对的沧桑
曾高过一座村庄又矮下去
那是我见到的当代最为荒凉的心情

5月，我不愿意去想的城市
因为我无法确定它会有着怎样的善意
怎样的宽容，究竟会不会在菩提树下
种上对万物的虔诚

5月，我站在城市的中央
望着空中的风筝
望着一座挂在树梢上的城市

我们再也没有思念

昨天在思念，我们在写信
远方一样的山，与
环绕着山的水

昨天，不小心弄丢了远方的地址
却意外地留住了对远方的思念
没有什么比把远方留在心里更加安全

思念不在
今天我们已不再写信
幸福在消灭距离的同时也消灭了远方

那陪伴着我们度过生活的劫波
陪伴着我们在昏暗的灯下
诉说心曲的笔

像一具流尽了血液的干尸
我忽然发现
我们已经丧失了爱的能力

昨天，医院的白色

中午，许多人在过马路
长蛇阵般的医大一院就在马路的对面
许多人焦虑地停在了那个拥堵的路口
此时，时间和意识以占卜的方式在焦灼的面孔下
为古老的命运确定了一个选题
模糊与清晰也就此做一个了断

那个选题有些发白
圣洁与恐怖，魔鬼与天使的距离
光在失去暖色的情况下剩下的是冷

冷有时就是一座立交桥，交叉的地方
连接着外界，也连接着贫穷和绝望
冷在时间的印象里破败地叹息

现在焦虑的目光被收紧

所有的叹息，呻吟和眼泪

都被关进了坚固的巴士底狱

不会打扰路人匆忙的脚步

从长长的甬道和冰冷的墙壁下穿过

一个从春天缺席的世界里

白色的声音不会像雪一样融化

在堡垒式的楼宇里我很怕眼泪挤着眼泪

我希望那是蓝色的海

举着白色的帆

我希望在阳光的竖琴上

杀死昨天的焦虑，驱散绝望的音符

希望温暖不再是一堵惨白的墙

生命握着阳光沿着花朵

莫奈的睡莲

一

睡莲睡了，卡米尔也睡着了
世界真静
是谁从水下探出狠命的唇
轻轻地一吻，爱便封缄了这个世界
睡莲有梦，水也就有了梦
一层一层的梦在痛苦中分娩出
希望与绝望交织的色彩
喊声还未出口池塘的水便已凝固

二

卡米尔就那样睡着了
就那样地睡在莫奈的花园里

花园就那么大
只能装下莫奈的一只手
忏悔的风具有很强的穿透力
奋力一跃的色彩拼了命似的
让睡梦中的莲子从此心疼

三

不想永恒的永恒了
睡莲依旧沉浸在心事重重的梦中
忏悔的爱与爱的天空
把心灵放置在什么地方？
哦，没有地方安置的灵魂
一颗穿越重重世纪之门的幽灵
就像蝴蝶在向爱情托付生死

四

多么美好的爱情啊
就像太阳和日出
像永不衰老的春天，天空和水
春天的草地上快乐地长出绿色的女人
多么美好啊，这世界上爱情还在

美妙的情感押解着这些老实的人
来到这与花与鸟与上帝同在的世界上
抚慰那些冻伤的怜悯之心
让阳光走进来吧
清扫每一个阴暗的角落

五

卡米尔睡着了，莫奈睡着了
莫奈、卡米尔与睡莲共同睡着了
是莫奈和卡米尔一同枕着睡莲
还是睡莲枕着莫奈和卡米尔都不再重要
莫奈把最后的睡意留给了自己
他让爱活着，让我们
在最困倦麻木无奈的时间里遇到睡莲
让我们内心深处不易察觉的悸动
证明我们还活着

六

我的耳边总有一个孩子的哭声
那个哭声在问我这个世界是否还有爱情
卡米尔睡着了带着痛苦，为了爱情

莫奈睡着了带着忏悔，为了爱情

睡莲睡着了带着纯洁，为了这个不幸的世界

局　外　人

有人刚一脱下外套就发生了许多事情

有人被偷走了面孔

有人穿错了鞋子

还有人说了不应该是他说的话

路上的石头不说话

许多石头就沉默成了路的基础

路上的树不说话

许多的落叶便赶在了风中

路上的脚步不说话

鞋子和乌鸦寒冷的心情除外

乌鸦是鸟，是局外人

所有的文字都低着头，目光朝下

我和路，不知是路在还是我在

无法猜测是路走在了我的前头

还是我走在了路的前头
时间过去了，我们谁都没有发现谁
就这样，我们随时都有可能成为时间的帮凶
穿过我们身体的暗物质不会留下足迹
就像路的尽头永远都不会出现在人的眼睛里
也许不经意间一个人就成了一条路的尽头
死亡从不出声

套 中 人

光线迷乱，像网套

眯起眼睛，闪亮的光点像金子

每一个光点都是一个结

金子一样的连接点上，一群很轻的人

像凶残的蚊子

即使是很夸张的飞蛾和萤火虫

此刻，都一个姿势趴在了

蜘蛛发明的那张网上

世界被倒悬，大地被倒悬

心被倒悬，天空也被倒悬

像在战场上置身于活着的战斗中

风的面孔已经僵硬

生活的皮肤上暗影重重

谁挣扎得越狠，谁就会被勒得越紧
直到有一天照镜子时我才发现
我的相貌已不再善良

越 狱 人

我喜欢诗
喜欢读诗写诗
请安静，不要骂我
不要叫我诗人

我是一个逃犯，一个越狱的人
一个在孤独中学会孤独的人
不要叫我诗人
沉默就好
在一棵树的世界里悲悯是一杯酒

请不要叫我诗人
因为我不相信自己

那些隐藏在身体里的暗疾
会让微笑充满毒性
所以，请不要叫我诗人

地　狱　人

现实中优雅很痛

来自地狱的告密者

从人性的后门偷偷潜入

与黑夜躲在栅栏的舌根下交换着信息

每一天都是一根金属的栏杆

人性之争比冷兵器还冷

当生活的最后一滴水被挤干后

告密者的匕首就会乘着快意

阉割掉生活的柔情

生活一硬，心就会不知不觉跟着硬

谁也无法料到身体的某一个地方

冷不防就会伸出长矛，毫不犹豫地把你刺伤

暗　锁

我和我的邻居只隔着一扇门
却像隔着一座山
我们都是隐居在深山里的人
碰面时礼貌地点头
一转身就形同陌路
我们看见的生活像一把暗锁
所有的秘密都隐藏在里面
她的笑有些隐秘
像暗藏在深处的锁芯
她害怕那扇门被别人轻易地打开

当我老了

当我老了，额头上的沟壑能装得下人生
当我老了，沉默会把生活像温酒一样
一遍一遍地温热，当我老了
脚步就会放慢，仔细去看那些
被年轻忽略了的风景，当我老了
像一座拱桥，让河水缓缓流过
用看过了的耐心去微笑，一切
一切都不再大惊小怪，风光不再重要
重要的是要有一份上帝的眼神
当我老了，我会少梦
只梦见真心的朋友，梦见应该梦见的人

倒 淌 河

一

我相信八千里路云和月
相信那条连绵起伏的路上
每一块粗粝的石头都具有神性
每一片空灵的云朵都是神的暗示
你的淡泊，你的素雅和你的经历
让我肃然起敬

二

在文成公主奔赴西藏的路上
公主的泪汇成了倒淌河
当日月山阻断了文成公主泪向大唐的路
倒淌河毅然掉头独自向西

三

倒淌河的呼吸是平静的
声音里充盈着绿色
绕了一个弯，多走了四十里
胸腔里的岁月早已化作丝丝细雨

四

云淡了天就高了
什么都阻挡不了倒淌河东去的脚步
一路曲折，一路艰难，一世风光

为曾经的活着寻找证据

我看见了土地
就想起了锄头和种子
想起了握过锄头的一双手
土地说它好久没见到锄头了
内心充满了荒凉
我看了看森林外的远方
看了看双手，发现
在掌纹与掌纹接壤的地方
已找不到庄稼的光芒
也许以后
我会在博物馆里与它相遇
挂在墙上的锄头
已成为一条干尸

马　术

我不属于这欢呼的人群

这里没有真正的骑手

真正的骑手应该在草原在战场

这里没有真正的成功

也没有真正的荣誉

阳光之下

这里只有被阉割的马

按照游戏的规则迈着温顺的舞步

黄 山 松

黄山的松，每一棵都是一只鹰
虬龙的爪像鹰的利爪
深深地插入岩石
一颗不屈的头颅傲视千年的岁月
我相信一旦它张开翅膀
就能把整座黄山连根拔起

岁月的语言

因为有着太多的心事
想说又不能说出口
一棵树便扭结成一团
我知道这是岁月的语言
它怕心中的箭一旦射出
就会误伤到别人
所以它选择了沉默
把满腹心事化成一脸的险恶

杀　伐

一棵树

轰然地倒下

一棵树

被砍掉了头

一棵树

鲜血四溅

一棵树

哭成了六月的雪

一切都是

为了给汽车让路

于是活着的人

为活着的树

开具了死亡证明

山 海 经

命被握在
时间掌心的那一刻
岁月就融化了
一部分
成为隆起的山
一部分
成为凹下去的海
所有的往事
都沉入了海底
一尾鱼用尾翼
剪裁出百年孤独
沉默中珊瑚红了
是在经过
巴士底狱般的激情后
红在了大海的深处

我　和　笔

沉默与沉默的对视

需要年纪

沉默能用眼睛

耳朵、鼻子与世界对话

与心交谈

语言是多余的

厌倦了喋喋不休

喜欢和笔一同保持沉默

沉默与沉默的对视

需要勇气

需要保持足够的距离

对　视

在一棵草的眼睛里
我也是一棵草
一棵草就是一个不为人知的世界
打开一片自由的天地

在穷人的眼睛里
一滴水是恩情
在有钱人的眼睛里
情义就是垃圾，所以
富人无法和穷人对视
战争无法和死亡对视
风光无法和灾难对视
矫情无法和孤独对视
冷漠无法与悲悯对视

在原始的世界里
旭日与落日
都是世界的一个眼神
平等地对视

路

走了一辈子路才发现有些路

成了天上的流星

路和路不一样，有些路像匍匐的根

有的伸向自己，有的伸向远方

每一条路都如同自己的掌纹，连接着

一个人内心最隐秘的卑微

脚下的路越走越长

生命总是赶不上路的速度

一不小心就进入了岔路

算计一下走过的路就很短了

无法从生命的版图上抹掉岔路

至此我才明白一个道理

人的一生是由众多的岔路组成

一座城市的内心表情

一座被时钟敲响的城市
选择在网络上让阳光成为它的线路
一条快速的道路上有着不可想象的埋伏

那么多看不见
闪电一样的路和看得见的高速路
那么多的欲望和冷漠掺杂在一起
构成了路上的一个又一个陷阱
我们开始猜测一座城市微笑的能力
开始怀疑一座城市的爱情
于是我们开始为一座城市祈祷
并把远方装进纵深的表情

照亮太阳的向日葵——致何平①

一

浏阳河的眼泪是金色的，浏阳河的坚强

浏阳河上开满了向日葵

一个女孩用美丽温暖着浏阳河

让我们无论痛苦还是艰难都要活着

像一棵草，抓住春天

用苦涩的胆汁喂养大地

---

①何平：女，1991年生，中共党员，湖南科技大学外国语学院学生。
她先后获得2011中国大学生年度人物，2011中国大学生自强之星，湖南
省优秀大学生，湖南省青年五四奖章，2011湖南省十大教育新闻人物，
优酷网2012榜样人物，第四、第五届全国道德模范提名奖等荣誉。

二

我蹲下身来虔诚地询问一棵灯笼草
探寻山一样连绵不断的日子
当我走近你，知道你就是那个肢解灾难
把痛苦分离成多种元素的向日葵女孩时
我想到了越过困苦的藤蔓
平静地注视着浏阳河的九道弯

三

这里的山记得，从记事起那个叫何平的女娃
就学会了洗衣、做饭
这里的乡村小路记得，那个弱小的身影牵着摇晃的风雨
去鞭炮厂捻引线、卷筒子
帮助遭遇车祸切除脾脏的父亲
患有间歇性精神病的母亲挣药钱
给自己挣学费
她用童年担起一座山
照亮一个沉默的世界

四

这里的每一条河流都记得，她的十七岁残酷、庄严
当瘦弱的父亲中风瘫痪时
弟弟何君突发心脏病命在旦夕
眼前，家徒四壁
她面对的只有一直没有嫌弃这个家
一直都在给她温暖的太阳
她默默地擦干了眼泪
默默接受了眼前这个事实
四处筹集救命的钱
通宵达旦守护在父亲的病榻前
"只要一家人能平安地在一起，
这些困难我都能够挺过来。"

五

这里的太阳记得，2009 年的那一天
一个坚强的女孩背负着沉重的十字架
从风雨飘摇的家庭走进了大学学府
她一边上学，一边为家里打工挣钱
看着面黄肌瘦的弟弟
她做出了一个杀死想象的决定

带着弟弟上大学

早上，她送弟弟上学后，自己再去上课

中午，接弟弟去食堂吃饭

下午，带弟弟打篮球

晚上，陪弟弟去图书馆

弟弟的食谱是每餐有肉，两天一个苹果，一杯牛奶

她每餐吃的是一块钱的"无荤餐"

穿的是人们捐赠的衣服

每一个节假日，她都要外出拼命地打工挣钱

她要挣更多更多的钱来养活一个多灾多难的家庭

来完成自己的学业，实现自己的梦想

弟弟何君画了一幅画

在姐姐何平的脸上挂着很长的两串泪珠

何君说："姐姐累了就哭。"

六

穿过杜鹃花啼血的光线

我无法面对向日葵的微笑

我知道和她面对就是一种罪恶

我无法原谅自己

更无法原谅这个世界

七

我望着她领着她的弟弟

弓着身躯拉纤般拖着一个沉重的家庭

浏阳河上开满了的向日葵

在照亮太阳的同时

锋利的光线逼迫我流下了眼泪

我的感觉不是很差

鼠标我经常连点四下
一会伟大，一会渺小
一会干净，一会肮脏
这一切都是在我拿起书
和放下书的瞬间
我的感觉不是很差
拿起书和放下书看似简单
其实就是两个世界
我拿起书是入世
放下书的时候就是出世

失　落

思念死了

快乐还活着

不再写信

快乐消灭了距离

也消灭了远方

思念死了

我们还活着

可我们已经丧失了爱的能力

魔　术

我眼睛里的世界

可我不知道这个世界是真是假

读 土 地

一场雨后，所有的植物都高过了土地
一场雨后，所有的植物都倒下了
只有土地还站在那里

读　心

人看眼前
佛观一世
用一生学会闭嘴
能有几人

读 日 头

一辈子，太阳就这样的照你，渡我
就这样照亮你我的一辈子

读 乡 愁

思念永远不可能成为一种归宿

这是一座城市告诉我的

一座城市的内心表情

汽车已经成为它的皮肤
一座心怀鬼胎的城市
内心有着不可告人的秘密
它暧昧的微笑和暧昧的爱情
都没有超出现实

计　程

某一个时刻
我们不得不用公里计算一下生活的里程
不得不随着计程的数字去感受心跳
感受呼吸加快的过程

一　生

放下笔是一种沉默
拿起笔是一种沉默
沉默与沉默对视
需要保持一生的距离

花开万物清

没有比花开更为深情的
花开，一下子就开出了万事万物的心情
把生命复杂的过程通过一次简单的开落
就说得明明白白

我们再也没有思念

昨天，我们写信
思念像远方一样的远

今天我们用微信、用视频
消灭了距离，也杀死了远方

值得窃喜的是我曾不小心
弄丢了远方亲人的地址
却意外地留住了对远方的思念

今天，我忽然发现
思念只有在人的心里才更加安全

冬天的思考

一

冬天的外套像狼
复杂的表情里眼泪是砒霜

二

不是因为某一年
某一个戏剧性的偶然
才让虚假聚集成灾难似的狂欢

三

站在父辈们曾经站过的那棵树下
已望不到过去的苍凉

四

城市是一条庞大的流水线
月光的节奏在流水线上被重新组装
土地窘迫中容不下一座村庄的安详

五

眼下这个露着棉絮的冬天
寒冷竟成了春天诞生的借口

六

虽然目光展示不出强度
日子戏耍着日子
虽然语言被抽去了筋骨
父亲们依然坚守着真实的日子
母亲们用思念编织梦想

七

我依然相信父亲和母亲在熟悉的土地上
能种出温暖的诗意

献给母亲的诗（组诗）

起风了

秋天来了……

写给 2013 年 9 月 8 日

2013 年的 9 月 8 日是一个星期天

天气很好，阳光明媚

9 月 8 日是一颗子弹

那一天击穿了我

2013 年 9 月 8 日凌晨 6 点 10 分

从此，妈妈两个字与我诀别

从此，电话的那一头永远是一片沉寂

疼我爱我的那个人走了

临别的那一刻
母亲瞪圆了眼睛望着我
她浑身抽搐着，我的心也抽搐着
我知道她舍不得我
舍不得这个苦难的世界

她走了，世界咽下了最后一口气
我没有眼泪，我想不明白
再等几天就是中秋
为什么不再耐下心来，再等等
哪怕稍微放慢一点脚步
哪怕看最后一眼的中秋圆月
再走也不迟呀
可她等不及了
她已经涌进了最后的气力
癌细胞侵蚀着她的每一天
每时、每刻钻心透骨的疼痛我无法感受得到
可我知道她忍受住了这一切
再痛也不让世界哼出一声
她咬紧了牙关
咬碎了三年中的每一分、每一秒钟

妈妈走了
选择在一个收获的季节里
大地和阳光铺展开一地金黄
留给我的却是一个白茫茫的寒冷冬天
一种无法说出的痛，一种从未有过的冷
一种无法描绘的时间的荒凉

一个又一个的夜晚躺在床上
窗外的月亮慢慢地在变圆
一个中秋来临是一年
这个刻骨铭心的中秋
被 2013 年 9 月 8 日那颗子弹击碎了

拐　杖

那根拐杖孤独地等在窗前
它在等着我的母亲一起去看月亮
今晚的月亮还是那样的圆，那样的大
它要那轮明月挂着它去看，看月亮的人
那中秋的圆月一定很后悔
后悔没能紧紧地拽住失约的人
整整一个晚上，整整一个中秋
那根拐杖也没有等来它要等的人
月亮哭了，拐杖也泪流满面
我默默地为它们点燃了一支烟
我抽一口，月亮抽一口
一圈一圈烟雾缭绕着冷冷的拐杖

九 日 祭

一片落叶从月亮上飘落下来
月亮很低
妈，昨夜你回家了吗
你像有意在和我捉迷藏
有意在我绝望后
再给我一个天大的惊喜
可我抓不住你

一片又一片落叶从月亮上飘落下来
我数了数，一共是九片
代表着你离开我已经有九天了
所有的影子都破裂了，风
也被撕成两半，既然
在梦中能够见到你，妈

那我就再潜回梦中与你相见
在梦中向你诉说一个断了线的风筝
那个遥遥无期的秋天

妈，我替你去看月亮

去年中秋我还扶着你在窗前看月亮呢
今年的中秋我独自一人在窗前
替你看月亮，也想看看另一个世界的你
和你一样，天上的月亮不说话
它默默地点上一支烟，一口一口地吐着
一圈圈的远方和一圈一圈的思念
轻轻地，轻轻地，缭绕着一座城市的忧伤
我替母亲看月亮，看见了月亮
看不见了月亮

母亲是我的房子

我要让全世界都知道
母亲是一所房子
不管大小，不管是新还是旧
实实地装着我，装着这个世界

我要让全世界都知道
母亲是一首歌、一声叹息
母亲是一个微笑、一声嗔怪
推开屋门的那一刻总有一个声音
在温暖中等着你

我要让全世界都知道
闭上眼睛想念母亲的滋味是
孤独、寒冷和苦涩
所有的被沉默的细节都变了

一条长长的黑色索道上
我的眼泪战战兢兢地在上面走过

今天，我要让全世界的人都知道
此刻，我在想念母亲

我的 2013 年

我没有想到在 2013 年
我需要用痛苦去丈量离去和永别的距离

2013 年的表情里
全部的痛苦内容被勒紧在年轮里
最后的绝望绑架了最后一场雪

一个春天里的一场宿命
无论如何我都无法逃避
横跨在 2013 年内心的那道伤口
我开始思念远方，我的眼泪是
一条飘在天上的河流

两 地 书

妈，毛毛今天结婚了

就差一步你就能看见了

你的孙媳妇叫高喆，一个有些任性

但还很不错的女孩

妈，听到这消息你高兴吗

你不是一直盼望着这一天吗

你放心吧，妈妈

看到毛毛走在婚礼的红地毯上

看到他动情地唱着《咱们结婚吧》牵手新娘

看着那么多的人，那么多的笑脸

妈妈，那一刻我想到了你

我的泪水差一点就夺眶而出

我忍住了泪水，是因为你不让我哭

我笑着呢，妈，你一定也是在笑

这一刻我如释重负
我终于可以对你说，妈
我完成了一个父亲的责任

那 一 天

妈妈你年轻了一辈子

妈妈你劳累了一辈子

妈妈你苦了一辈子

妈妈你心疼这世界疼了一辈子

那一天老了，妈妈也老了

那一天走了

妈妈也走了

那一天不是我的那一天

也不是妈妈的那一天

那一天是谁的呢

那一天我找了那么久

把所有的眼泪都交给了那一天

在青岛相遇

在青岛我相遇了熟悉的乡音
一个年轻的女人
她多么像我年轻时的母亲
刹那间我热泪盈眶

就是在昨天
来青岛的那个晚上
我默默地打开了户口
在母亲生日一栏里
写着 1930 年 6 月 23 日
母亲来和去的时间都是在凌晨
这是命运的巧合吗
还是，只有在这样的时辰里
母亲才认得回家的路

沿着母亲的足迹
我一口气追到青岛，追到了平度
在这里，我发现了母亲年轻时的足迹
从关内一路延伸到关外
从 18 岁一直延伸到 84 岁

回家了
是我的故乡在喊我吗
那个操着山东口音的年轻女人
她是我的恋人，还是我的母亲

周 年 祭

闭上眼睛就是 9 月 8 日离别的情景
你虚弱的气息和憔悴的面容
闭上眼睛就是你为了等我一宿没睡
整整熬了一个晚上的倦容

闭上眼睛就是那条拉直的曲线
是你在抽搐间隙深情牵挂的眼神
那一刻你心里明白就是发不出声音

闭上眼睛就是懊悔
如果那天夜里我能一直陪着你
无情无义的时间留给我的是悔恨

闭上眼睛你就走了
匆匆的不留一句话
你把所有痛苦的日子都带走了
身后的日子也加快了离开的脚步

从去年的 9 月 8 日再到今年的 9 月 8 日
一年的时间过去了
可想念和痛苦都没走远
它不会在时间的瓦砾中睡着

请记住我的母亲

我的母亲是一个普普通通的女人
一个身上带着倔强
把山东话说了一辈子的女人
享受苦难是母亲的一种独特方式
她心里有苦更有明天
我见过母亲的泪水，也见过
母亲的微笑，更多的
我看见的是母亲的沉默
母亲把倔强、不屈还有委屈藏在沉默里
记得有一次母亲站在风里看日落
母亲说日落比日出平凡，却是无声的壮举
每当我想念母亲的时候就看日落
看太阳花，也看太阳雨
看遥远遥远的远方
那个我把她称作母亲的女人

最后的眼神

我总是想起母亲最后的那个眼神
依依不舍满眼的忧虑
那眼神经常会在半夜或在我
开心大笑的时候突然地闯入
至今我都在想母亲为什么
要把那狠命的眼神留到生命的最后
让绝望成为最后的匕首

想

急匆匆赶回家
推开家门
习惯地喊一声妈
屋子里静静的没有声音
这才想起妈已经走了
生活的冷与热从此再与她无关

站在床前，一个跌跌撞撞的声音撞出体外
冲破了我的耳膜
妈，过梁了，那是我的声音

母亲的围裙

起风了
一片落叶挂在铁丝的围裙上
稍稍停留了一下又急匆匆地赶路了
整个太阳照晒的中午，我一直都在
想着那件弥留着的母亲饭香的围裙
想着厨房里的火光和母亲那颗带着笑容的汗珠
起风了，一阵风正向我走来
带走了我的想念

今夜又中秋

2014 年的中秋是 9 月 8 日
9 月 8 日也是母亲的忌日
今夜的明月，通体透彻的哀伤

亲爱的月亮，我的母亲
涟漪一样荡漾的光晕像乳白色的石榴花
整个夜晚，白色的石榴花弥漫着，尽情的芬芳

沐浴着花香，我的泪悄悄溢出眼眶
也是那样通体的明亮，滚动着
滚动着在远方发出巨响

马 年

我通过一匹白马的眼睛
瞭望过一场雨、一场风
一场霜和一场雪
我的身体里有太多太多
关于风霜雨雪的故事
沿着时间的皱纹，
我从一场风，一场雨
和一场雪的风姿里寻求答案

今年是马年，许多消息
都封存在马的缄默里，我从一枚落日中
听到一些关于我母亲的零星消息

我的母亲是属马的，是白色的马
杂乱的脚步中，树被风描绘成一首挽歌

此刻，我猛然扯断泪腺
用眼睛在所有生灵的身体上刻下音符
在这个马年到来之前
秋天已经走出了很远

秘 密

从中秋到中秋
我把去年和今年的两枚月亮
放在了一起，于是
我开始追溯一个日子的出处
我发现中秋月光的节奏里蕴藏着
一个世纪的巧合，一个是圆月
一个是母亲，天下的人和我一同拜月
只有我品出了不同的内容

关东正下着一场雪

在关东，一个叫长春的地方
正下着一场雪
我站在正午 12 点的街头
回想着母亲说过的话
她说她从来就不清楚
为什么要来到这座城市
一来就吮吸着人生的孤独
再后来一场雪走了
她就生下了我
母亲说，她是从一场雪的窗口
看到了我，在梦里
就闻到了花香
此刻，我想象不出
在关东的大地上
还能有比这更深情的语言

关于诗人的话题

我的母亲不识字，可她是个诗人
我在纸上种下的是几行文字
她在艰难的土地上用不屈种下吉祥
用无私种下博大的母爱
她作品的名字叫生活与儿女

暴 风 雪

风呼啸着穿过生命的零距离
撕裂大地的子宫
此刻，我想起一条不冻的河流
和母亲说过的一句话
于是，我用心抚摸了这场暴风雪
和一个日子的厚度

我只有一颗心

一颗心装不下天下所有的苦难
也装不下生活的忧烦
甚至装不下母亲的一滴眼泪
我的心太小了，我想拥有 500 颗心
用 100 颗心来装天下的苦难
用 100 颗心装生活的煎熬
用 100 颗心装人的不屈与尊严
另外用 200 颗心装天下的母亲
其实我还想拥有更多颗心
只是有些害怕，因为现在
坏良心的事情实在太多

父亲与母亲的最后一课

父亲和母亲给我上的最后一课是诀别

没有什么比死亡更为生动

在这个世界上我相信父亲和母亲

能够走到一起的道理，同样生动

以至于一生的细节都用艰辛作为标记

他们用命运标注黄昏，也标注过断崖的错觉

清晨，一个狭窄的阶梯

两个当初原本就不认识的人应命运之邀

走到了一起，最后，又不约而同地

选择在这里上路，父亲临行时不肯松口

吊住最后一口气，母亲临行时和父亲一样

也不肯松口拼命地吊住了最后一口气

加在一起的两口气，吊住了他们

忍辱负重的一辈子，此刻他们都死死地咬紧牙关

我明白他们要咬住的是身上掉下的肉，是他们

在这世上最后的一次心事

就像是在召开一次重要的会议，在等着他们的儿女

来彻底清算他们的这一辈子

今天我真的想忘记

今天这个日子叫母亲节
是专门为母亲准备的
这个节日从昨天开始就已经与我无关

失去的日子不会再来
人生没有轮回
我只能把世界上最柔软的那两个字
永远地软禁在心底

如同正午熟睡的时光
一切都在悄悄过去
仿佛什么都没有发生

我站在窗前，隔着窗子
默默地望着别人
最大限度地保持着平静

父亲的脸上有一条路

我看到父亲一脸的僵硬，笑像哭
才知道父亲一生走过的路，坚硬的程度
皮肤是不会说谎的语言
岁月的艰辛像一柄利刃
剜出了父亲隐藏在心底的岁月暴力
我敢断定这世界上没有一条路
会比父亲脸上的那条路更为难走
比他的心路更为曲折

站在父亲额头的沟壑上低头一看
下面是一条警世、喻世、醒世的深渊
我抬头看时，蓝天上的艰辛已全都被省略
一个由笑容构筑的完整世界里

可以是天也可以是地
一条历尽千难万险不为人知的路
悄悄地深入到父亲眼的眼神

心一层一层变绿

现在我们出发

推开车窗

就是春天

无数条路

最动情的只有一条

穿过那条小路

就走进爱的寂静

找准一个角度

用一生作为支点

调准焦距

就看清了净月之美

轻轻按动快门的刹那

我听到了一颗种子

破裂的声音

一曲春风掠过

心一层一层变绿

醒来的草

带着野性醒来
一伸手就抓住了雨
在潮湿的土地上
为这个星球疗伤
曾经的那些春日里
马蹄莲轻轻绽放
今日之春
洁白的花朵里
每一朵
都驻守着一颗太阳
太阳的野性中
充满了杂草的想象

相约　秋天

让我感到幸福的
是夏天与秋天的约会
大地的心情
从一棵草的根部
爬进秋天的时光
一只鸟飞过
秋天就长出了翅膀
白桦林在秋天的翅膀下
发出哗哗的响声
此刻我的心
已经抵达一片幸福的草丛
草丛里秋虫在甜蜜地私语
这是一个多么幸福的傍晚
生命的美好与宽度
在净月潭这心之花园

我感受到了生命的温暖
无论什么时候
即便是想起一叶杂草
我也会为之感动

冬天的花朵

一个让石头
都感到寒冷的季节
每一棵树都屏住了呼吸
我站在一棵树下
就能听到大地
一朵又一朵雪花
带着承诺围绕在树下
等到冬天崩裂时
就把春天
从大地的根部拽出

汽车婚礼

我参加过那么多的婚礼
参加汽车的婚礼还是第一次
多么温馨而有趣的名字
汽车的底盘像一个剽悍的男人
光彩夺目的车身像一个新娘
被新郎深情地拥进怀里
带着澎湃的快意，所有的细节
所有的情感一瞬间便合二为一
那么的亲密，那么的美好
我惊讶地发现，在紧密的拥抱中
钢铁也有了温暖的诗意

隆重的婚礼后，它们就要携手蜜月
穿越黄土高原，领略壶口瀑布的轰鸣

走遍江南尝尽天堂之美

于是，我记住了一个温暖的名字—汽—大众

记住了这场超越现实永远都在进行的婚礼

现实与虚拟之间

我发现的工业的诗意之美，那么惬意
一切都从想象出发，在现实与虚拟之间
可以上天也可以入地
它让我想到了米开朗琪罗
想到了凡·高和毕加索
站在地狱之门上，让灵魂和想象
驾驭着闪电呼啸而至
我触摸着汽车的骨骼
感受着钢铁带给我的暖意

康有为的故乡有一座汽车工厂

来到了佛山才知道是康有为的故乡
而这里就要建成一座汽车工厂
这一切康有为想象不到
他的子孙却看到了
那片红色的土地像一个巨大的胎盘
拔地而起的厂房像刚刚脱离了母体的婴儿
红色的泥水像血在流淌

如果当年康有为坐着汽车去上书
或者坐着汽车去流浪
有一点可以肯定
世界越来越短，他的目光就会越来越长
就像眼前这工地
希望驾驶着康有为的故乡

在钢板落料线前

在机器人与人共舞
信号灯闪烁的汽车工厂里
我看到一条钢铁的瀑布
带着火的元素，光的热度
闪烁着银色的光芒
从我的头顶倾泻而下

没有浪花
不是为了取悦夏日一两声丰腴的惊鸿
或附会一片牵强的风景
无声地落下
在巨大的压力下构成钢筋铁骨
生，就像战场上的勇士那样去冲锋向前
死，依然保持着生命的硬度

车轮上的诗歌城堡

一伙疯狂的家伙们

在车轮上筑起一座诗歌的城堡

没有人强迫他们，为了让生命自由地奔放

在痛苦的驱策下进入诗歌

他们自寻烦恼地爱汽车，爱大海的声音

让情感在凸凹的生命上颠簸

日子像野草一样地疯长

那些疯狂的家伙们也像野草一样

不甘心枯萎的困惑，他们

在找寻自己，找寻生命的突破口

却从来没有找到那个自己熟悉的人

麦子开花的时节，那些家伙们之中

有人怀着一颗羞愧的心去远行
行囊里除了一本诗集和寂寞
竟装不下一声祝福
那些疯狂的家伙们有病，是诗人
每到麦子开花的时节
我都会情不自禁地泪流满面

车城一块长满记忆的石头

那条用石头筑就的路

被一块块地掘起

那条寄托着三代人希望的路

被抽去了筋骨，整个车城

都感到了彻骨的疼痛

可怜的石头，失魂落魄的石头

忏悔的石头，一个和石头一样失魂落魄的老人

悄悄地捡回了一块石头，他认为

那里的石头每一块都有着生命

记录着车城儿女无私与忠诚的岁月

那个老人只能用珍藏作为抵抗

夜很痛苦，他用目光一遍一遍擦拭着那块石头

直到把石头擦痛，流出了眼泪

也流出了红旗和解放的声音

车城站在诗上

感谢诗， 让一群男人和女人
在旋转的车轮上站立成一个族群
满怀希望地从每一天醒来
寻找灵魂的力量和诗性之美

他们把黑色的土地当作传承的基础
在黑暗中寻找比火还要亲切的元素
他们一手造车，一手写诗
从不为自己辩白
在太阳即将落下的那一刻
他们张开双臂，一边拥抱现在
一边拥抱着未来

温暖的长度

那么多人来到这里

走了就被忘记了

那么多优秀的诗人来到这里

就亲切了车城的一棵草、一片树叶

一片雪花，甚至让冰冷的车身有了温度

让一座工厂有了记忆，透过石头的窗口

就会发现那里面储存着许多不同年份

不同岁月的日子，那么多诗人的名字

那么多温暖的诗句在温暖你的同时

沿着 1950 年的脉络向 2012 年的方向延伸

温暖的长度横跨了一个世纪

从此车城不负诗城这个光荣的名字

从此，一群抚摩钢铁的人开始抚摩心灵

在冰冷的钢体上种下诗的种子，长出温暖的诗句

一辆车的诞生过程

一双灵巧的手
把以往的日子
剪裁、压合
成新的形状
另一双灵巧的手
挽出光的色地
不动声色地
焊接出一个时代
鲜明的特点
接下来的一双手
给它披上
云一样的霓裳
另一双手
给它装上强大的心脏
还有与一个时代

比翼的翅膀
一辆车挨着一辆车
从长长的流水装配线
流淌下来
流淌出生活
旋律与速度
一辆车挨着一辆车
就像爱情挨着生活

车城 春早

还没有来得及
扫尽门前的雪
就闻到了雨
车城的雨
深深地呼吸
整个车城一下子
就绿了

那么多的车
带着记忆
从车城奔驰而去
那么多的车
呼唤着中国的速度
那么多的车
改变着中国

与世界的距离
那么多的车
是春雨的手势
在车城与远方之间

第二轿车厂的建设工地

走进了一汽-大众
就看到了一场雨
第二轿车厂的建设工地
在雨中不断地长高
冬天瘫在脚手架下
野草之上
一朵一朵焊花在盛开
建设者在脚手架上
展开了一个春天的想象
所有的细节
将在十月
和十月以后
所有的日子
和远道而来的未来
都会在这里聚集

一号门 基石

打开窗就是窗外

车城安好

草在结籽儿

绿叶爬进寂静

此刻我站在一条河流的源头

细读着波纹里斑驳的街影

我的面前是一块汉白玉基石

被岁月摩擦得出奇的冷静

有谁会意识到它不是一块石头

北方的大地四季分明

阅历了数不尽的寒暑

历史的坐标下

路过的树纷纷停下脚步

伸出手，触摸这历史的天空

我怀着敬意，回想着一起过去的路
拂晓落入黄昏
和在黄昏中消失的身影

我曾怀着一路的虔诚
从黄土高原上的壶口瀑布
一路向西，去追寻黄河的源头
走长安，翻阴山，过武威
从张掖一直追到酒泉，一直追到玉门关
我看到了黄河的清澈

我发现，每一条河流的源头
都是水悠悠，不是想象的波澜壮阔
从高处向下游，一路披荆斩棘
冲破泥沙的羁绊
把一条大河的浩气留给自己
在自由的声音里与万物获得新生

此刻，我就站在一条河的源头
站在我们要有自己汽车的声音里
一句话，一个手势

一条汽车的大河从一个黎明的晨光中
带着最早的激情流向神州大地

此刻，在一条河流的源头
我在想着这样一个问题
那个时代缺少粮食也缺少钢铁
为什么不缺少钙质和骨气
更不缺少一个时代精神的硬度
为什么在那个贫困的年代里
每一个人都是战士，每一个人
都是能工巧匠，每一个人都是艺术家
每一个人都是诗人

为什么解放车解放的是智慧与思想
为什么红旗能带着诗意
带着艺术与人性之美
为什么那些站在潮头手握红旗
旗不湿的冲浪人一身都是胆

细读着时光里寂静的浪花
我读出的是在最早的存在中
一汽人的工匠精神
站在红旗下曾经是车城的一本刊物

更是车城的一种精神
站在红旗下我必须要说出
已经被人遗忘的诗句
有的人活着却已经死了
有的人死了却还活着
推开窗就是窗外
窗外是一条河流的源头
波澜不惊

致 敬

我是祖国的儿子
在父辈的墓前
聆听大地的呼吸

我是远方的儿子
为了祖国
和苦难结伴而行
简单的行囊里
装着一件不变的衣衫

我是汽车工人的儿子
为了一个梦
带着历史的嘱托
去奋力扛起
一面鲜艳的旗帜

我是大地的儿子
我知道祖国的大地
不能没有红旗的轮迹

听父辈们说
车城的每一寸土地
印满了整整三代汽车人的足迹
每一块石头
都珍藏着
无法磨灭的记忆

历史告诉我
车城还有一个亲切的名字
叫诗城
从诞生第一辆解放
和红旗的那天起
车城就诞生了第一批诗人
车城里有汽车
有笛鸣
有激情
不能没有诗

工人兄弟的现代进行时

一

走进厂区
一切都是静的
像走进花园
阳光有些失落

二

静态的车间
很容易让人产生错觉
静静的流水线上
流淌着汽车
属于装配工人的

三

欢乐和痛苦被一段段地焊接
一件一件都做了防腐处理
最后连细节都被螺丝拧紧

四

在父辈们的记忆里
油垢是温暖的记忆
甩开膀子大干
热火朝天的景观
早已失去痕迹

五

21 世纪
人和机器人一同上路
按照同一个节奏
同一个程序

六

一连串的数字
产量、利润、工资
和藏在心里
许许多多的未知

七

阳光静静地开
花把阳光藏在了心里

八

汗腺在体内一次次打开
一辆挨一辆的汽车收紧夜色
向很远很远的远方望去

九

干了一辈子汽车的父辈们
和干一辈子汽车的我们
究竟谁该向谁致敬

十

一只燕子飞来问我
该不该在这里筑巢
我对它说去问我的父亲

在班车上来不及做梦

所有的时间

疲惫和哈欠

一同被冲压成一个平面

星星、月亮、晨雾

每天三班

是我的工人兄弟

现代的进行时

暮色每天

都会沿着困意

向上攀缘

残余的夜色塞满

班车的每一个角落

偶尔有粗话溜出窗外

让身下的班车颤了一颤

车场神思

日子
一个接着一个
被无缝隙焊接
心情分模块组装
当定位的螺栓
把最后一丝夜色拧紧
黎明
就被安上了车轮
在车场
我让汽车伸出手
握着时间的节奏
抚摸着远方

吝啬的阳光

所有的时间
都被放在了传送带上
从时间的夹缝中
我抬起头
我看到太阳
星星和月亮
都被挤在了一起
我想念阳光
想念
被阳光关照的日子
当然
也想念爱情
想念被爱情
温暖过的道路
阳光就在我头顶

厂房上筑巢
它让我知道
我也是一个家庭的太阳

伟大的沙丁鱼时代

一

马车都被挂到了月亮上
吃草的马和由此产生的马粪不见了
一本名字叫无马时代的杂志 100 年前就诞生了
在那条叫美利坚的马路上
据说这是世界上第一本关于汽车的杂志
那时候的中国小车还叫轿子
北京街头的许多城门、牌楼和胡同还都在
马车和自行车还有摩电车
那时的中国还有另外一个名字叫自行车王国
这个名字让当时的中国人感到了耻辱

二

无马时代就是汽车时代
马，从那一刻起成了落后的象征
它让我想起了诸葛亮，想起了木牛流马
当然想起了的还有冷的和热的战争
100 年后的今天，今天的 100 年后
一切都不存在想象的余地
马路无马，车轮滚滚，引擎轰鸣
按捺不住的兴奋，中国进入了无马时代
有毒的立交桥，拥堵的城市和高速路
尽情演绎着中国人的汽车梦

三

流水装配线上，一辆辆的汽车像巧克力
像被密封了的沙丁鱼
滚滚向前去捕捉、去满足一种永无止境地欲望
现代科技的霸主实现了人像机器人一样地劳动
在一个相同的程序下永远重复一个简单的动作
我听到了花生被剥开
花生仁出壳时的幸福尖叫
那是一个多么伟大的科学的瞬间
一切，所有的结构，就连悬念都是线性的

四

让我们像唱红歌那样来歌颂伟大的科技吧
激光焊、等离子焊就像战争的本身
它只需要在黑暗的冷漠中发出刺眼的光
原本两个不相干的世界不留痕迹地
融合在了一起，于是我开始想现在的人
想未来的人和一颗螺丝钉的逻辑
还有眼下沙丁鱼的包装
被真空，被防腐的日子像模像样地挨在了一起

五

在城市的许多角落里
自行车像旧时光堕落成斑斑锈迹
过去的日子像落叶被聚拢在一起
一把火烧了个干干净净
今天，就像卓别林换上了新裤子
被打扫干净的日子装上了车轮
对于两条腿的革命其实早已经开始
复活的沙丁鱼轰轰烈烈地把生活
毫无保留地交给了大海一样的高速路

六

我总是有一个奇怪的念头
每一条高速公路的尽头
盛开着五颜六色的罂粟花
致命的美丽和致命的诱惑
一伸手就会锁紧生命的喉咙
就像这世界不能没有错觉和谎言

七

一辆车和一个人
一个动作和一秒钟的眼神
像一种巨大的惯性推动着生活的四肢
天空的鸟和星星隐没了
我们依旧在加速度地赶路

八

一个声音在暮色的深处慢慢地转身
你们、我们、他们都是现实的看客
未来已来，远方不再遥远，于是
我们读艾略特的《荒原》，读永恒的微笑
读一辆车在荒原里抛锚，然后
就是无边界的想象

九

海德格尔其实是一个很不负责任的人
他欺骗了不少的人
因为我找遍了所有的地方
根本找不到灵魂的栖息地
后来我发现诗歌和灵魂在同一个时间
私奔了

十

所有的起因和结果，所有的天空和大地

这里没有耶稣，没有十字架
却不缺乏创世纪的智慧，这里
流水线能直通到月亮上
很长很长的流水线滚滚向前

十一

美国的底特律垮了，很悲怆
一座城市的房子都在重复着一句话
这个世界空荡荡
底特律和好莱坞都是美国的符号
贝多芬在哪里，此刻为什么不奏响
《命运交响曲》，贝多芬在天堂里偷着乐呢

十二

汽车这个东西很怪

和国家的实力、命运和战争

和许许多多的东西都联系在一起

大家爱汽车、恨汽车又同情、又可怜汽车

汽车拖死一个时代，又唤醒一个时代

十三

时间和汽车像孪生素数

在路上相互地猜想，岁月

喊出了什么，又告别了什么

在一棵草的荒原上，时间在

布谷鸟眼睛里毁灭或者是重生

城市，中午 12 点

城市开满鲜花
一座崭新的高楼用微妙的眼神
暗示这个城市过去的时间
12 点，正是一座城市放松的时候
放松了警惕的生活
在这时不小心露出了心中的惬意
这时，一辆汽车
从一个城市的 12 点穿过
等在对面的夜色
赌气似的打了一个响指
生活藏起了硬的一面
无奈地露出一个浅浅的笑意
有人曾这样对我说
夸张能组成现代的恐惧
有一辆汽车朝我驶来

它把太阳照射在厂房上的光
带到了这里，此时的时间
是一脸的警惕

午夜 12 点没有钟声

午夜 12 点是生命进入分水岭的时刻
时间被一劈两半，一半交给了昨天
一半分给了今天
钟声只有在除夕夜的 12 点钟才会响起
然后，所有的午夜 12 点都放在了枕边
没有钟声的日子，梦就拉长了距离

午夜 12 点， 生命开始计时
每天的午夜 12 点都是刚刚拧紧
最后一颗螺丝，然后把疲劳塞满时间的毛孔
没有梦的秒针在我的身上一圈一圈划过后
依次进入某种特定的程序

午夜 12 点正精确地对准一个焊点
一道刺眼的激光后，没有痕迹的时间

变成了零距离，在那一刻
我也融化成一种声音

午夜 12 点
一辆车正悄然地驶下装配线
有人哭了，明天的午夜 12 点
就能再次听到新年的钟声

100 辆班车和 100 个黎明

迎来了第 100 个黎明

冲压出来的日子

带着鼾声

100 辆班车驶出厂区

100 个夜

潜在 100 个黎明的疲惫里

100 个黎明后的日子

像丝线缠绕 100 个黎明

100 个黎明后的明天

是发工资的日子

于是有人想冲压出一轮太阳

把它挂在压力机上

照耀着冲压机上的

第 100 个黎明